SOUVENIR DU JUBILÉ

DU

COMMANDANT P.-H. SAINT-LEGER.

Grand connétable de la confrérie de Sainte-Barbe de Lille,
au siège de 1708.

CANONNIERS SÉDENTAIRES

DE LILLE

SOUVENIR DU JUBILÉ

DU

COMMANDANT P.-H. SAINT-LEGER

20 Mars 1864

LILLE

DE L'IMPRIMERIE HOREMANS

—

MDCCCLXIV

1864

AUX CANONNIERS DE LILLE

Le Dimanche 20 Mars 1864, les Canonniers sédentaires de la ville de Lille célébraient le cinquantième anniversaire de l'entrée au corps de M. Saint-Leger, leur Commandant depuis trente années.

Je crois remplir un pieux devoir en rassemblant ici ce qui a été dit sur cette fête, afin d'en perpétuer le souvenir chez tous les Canonniers lillois et de rendre ainsi un nouvel hommage à leur digne chef aimé et respecté de tous.

L. B.

SOUVENIR

Avant de reproduire les extraits des différents journaux qui ont rendu compte des fêtes par lesquelles les Canonniers de Lille ont célébré le jubilé de leur commandant, il ne me paraît pas inutile de rappeler l'histoire de ce bataillon, associé depuis près de quatre siècles aux gloires de notre ville comme aux rudes épreuves qu'elle eut à subir.

Notre spirituel compatriote, Henri Bruneel [1], a retracé avec sa verve ordinaire et sa plume fine et délicate, l'histoire des Canonniers sédentaires de Lille. Voici ce qu'il écrivait le 9 juillet 1853, dans le journal *l'Illustration* :

A M. le Directeur de l'Illustration.

Lille, le 18 juin 1853.

L'*Illustration* s'est occupée, à diverses reprises, des confréries d'archers et d'arbalétriers qui florissaient autrefois dans quelques provinces du nord et du centre de la France ; la ville de Lille peut lui offrir une institution analogue tout aussi curieuse, mais bien autrement utile : je veux parler d'un corps de Canonniers bourgeois, qui, depuis l'invention de l'artillerie, a vaillamment défendu nos remparts dans tous les siéges, attaques, bombardements qu'ils ont eu à subir. Ce corps conserve dans ses archives une collection de documents remarquables, qui sont pour lui comme autant de titres de noblesse.

[1] Capitaine dans les Canonniers, chevalier de la Légion-d'Honneur, décédé à Lille, le 10 juillet 1858.

Nous y trouvons d'abord une ordonnance du magistrat de Lille, datée du 2 mai 1483, qui, constatant les services précédemment rendus par les canonniers, bombardiers et coulevriniers lillois, les organise en corps spécial, sous la dénomination de *Confrérie de Madame Sainte-Barbe.* Vient ensuite une série de pièces parfaitement authentiques, qui établissent ainsi les glorieux états de service des Canonniers de Lille :

9 avril 1497. — Par lettres patentes, en récompense des services rendus, Philippe-le-Beau, archiduc d'Autriche, administrant la Flandre pour son père, Maximilien Ier, confirme les priviléges, statuts et réglements de la confrérie de Sainte-Barbe.

7 octobre 1541. — L'empereur Charles-Quint, par lettres-patentes, fait don aux Canonniers lillois de *cinquante florins carolus d'or,* pour les aider dans la construction d'une maison servant à leurs exercices. Par ces mêmes lettres, l'empereur déclare que la confrérie de Sainte-Barbe est « *fort utile et* » *nécessaire pour la garde, tuition, conservation et défense de* » *la ville contre ses ennemis.* »

1578. — La ville de Lille, attaquée par les révoltés huguenots, est défendue par six batteries servies par les Canonniers bourgeois.

1581. — Les Canonniers de Lille, sous les ordres du duc de Parme, gouverneur des Pays-Bas espagnols, combattent vaillamment au siége de Tournai.

1583. — Ils servent plusieurs batteries aux siéges de Dunkerque et d'Oudenarde.

13 mai 1638. — Par lettres-patentes, Philippe, roi d'Espagne, accorde divers dons aux Canonniers lillois, en récompense de leurs services.

Septembre 1645. — Les maréchaux de Gassion et de Rantzau attaquent la ville de Lille, dépourvue de garnison ; ils sont repoussés par le feu des Canonniers bourgeois.

1650. — En récompense du fait précédent, Philippe IV, roi d'Espagne et comte de Flandre, confirme et accroît les priviléges du corps des Canonniers de Lille.

1667. — Louis XIV en personne met le siége devant Lille; le tir des Canonniers bourgeois fait tant de mal aux assiégeants, que le roi, après la prise de la ville, vient jusque dans leurs batteries les complimenter sur leur habileté et sur leur bravoure.

1708. — La ville, assiégée par le prince Eugène, compte les Canonniers bourgeois parmi ses plus vigoureux défenseurs. (Ce siége dura trois mois pour la ville, et, en outre, quarante jours pour la citadelle.)

A propos de ce siége, les archives des Canonniers offrent un document assez curieux ; c'est un brevet, daté du 15 septembre 1714, et signé du roi Louis XIV, où nous lisons ceci : « Le roi étant bien informé des services essentiels que lui a « rendus Jacques Boutry, maître charron, et canonnier de la « ville de Lille, dans la défense du siége de ladite place en « 1708, tant à la réparation des brèches qu'à la construction « des bateaux armés et à plusieurs machines *de son inven-* « *tion*, très-utiles pour ladite défense, ayant généreusement « exposé sa vie dans toutes ces occasions ; Sa Majesté, vou- « lant lui donner des marques de sa satisfaction, a permis et « permet audit Jacques Boutry de *porter l'épée*, et lui a de « plus accordé et fait don de la somme de trois cents livres « de pension par chacun an .. etc., etc. »

1717. — Le duc du Maine, grand maître de l'artillerie du royaume, fait don aux Canonniers de Lille de deux canons d'honneur, en récompense de leur belle conduite pendant le siége de 1708.

1744. — Le duc d'Aremberg menace la ville de Lille d'une attaque sérieuse. Pendant soixante-dix jours les Canonniers bourgeois ne quittent pas leurs batteries.

Il paraît que vers cette époque, d'après les réglements de

leur institution, les Canonniers lillois étaient enrôlés pour la vie et ne pouvaient se dégager sous aucun prétexte. C'est du moins ce qui résulte des termes d'une requête administrative datée du 18 décembre 1762.

Septembre 1792. — Siége et bombardement de Lille par les Autrichiens. Les Canonniers bourgeois s'y montrent dignes du passé glorieux de leur corps. — Dans sa séance du 12 octobre, la Convention décrète : *Les citoyens de Lille ont bien mérité de la patrie.*

Nous trouvons dans les mémoires du temps deux faits que nous ne pouvons nous empêcher de reproduire :

« A chaque instant les bombes ennemies allumaient un nouvel incendie dans la ville. Une des batteries lilloises était commandée par le capitaine Ovigneur. Dans un moment où le capitaine, penché sur la culasse d'une pièce de 24, vérifiait le pointage d'un coup difficile, un homme accourt dans la batterie :

— « Citoyen Ovigneur, ta maison brûle et ta femme accouche !...

— « Ma femme est-elle dans ma maison ?

— « Non, citoyen.

— « Eh bien ! alors que ma maison brûle ! Je reste à mon poste, et je vais leur rendre feu pour feu.

« Pendant ce dialogue, le capitaine n'avait pas même tourné la tête; il était resté l'œil cloué sur sa pièce, et il ne se releva que pour commander d'une voix calme et sonore : — Amorcez ! »

« Le 4 octobre, le feu des assiégeants prit tout-à-coup une intensité extraordinaire; curieux de savoir ce qui pouvait leur valoir ce redoublement de courtoisie, les Lillois s'informèrent, et ils apprirent que l'archiduchesse Marie-Christine venait d'arriver dans le camp autrichien, et qu'on activait les salves pour lui faire honneur. La rumeur publique ajoutait que cette princesse avait voulu mettre feu de sa propre main

Ovigneur, capitaine des canonniers de Lille, au siége de 1792.

Commandant du corps des canonniers de Lille, en 1811.

à l'un des mortiers ennemis... Sur ce, nos Canonniers, séance tenante, à l'unanimité, décernèrent à Marie-Christine le titre d'*Architigresse d'Autriche !...* »

13 fructidor an XI. — Le général Bonaparte, premier consul, pour récompenser les Canonniers lillois de leur conduite pendant le bombardement de 1792, décrète qu'il leur sera donné, en toute propriété, une *maison nationale* propre à leur servir d'hôtel ; et il leur décerne en même temps deux canons d'honneur, sur lesquels il fait graver ces mots et cette date : *Le premier Consul aux Canonniers de Lille*, 29 *septembre* 1792.

2 thermidor an XII. — Un décret de l'empereur Napoléon fait don aux Canonniers de Lille de l'ancien couvent des Urbanistes et de ses dépendances. Cette vaste propriété devient l'hôtel du corps : et, dans la cérémonie d'inauguration du 9 mai 1805, les Canonniers bourgeois reçoivent officiellement le titre de *Canonniers impériaux sédentaires de Lille.*

1809. — Un détachement de 120 Canonniers de Lille se rend à Flessingue ; 27 d'entre eux, dont 3 officiers, trouvent la mort dans cette expédition.

1813 et 1814.— Les Canonniers sédentaires de Lille exécutent les travaux d'artillerie d'un armement complet de la ville et de la citadelle.

30 juillet 1816. — Le marquis de Montazet, lieutenant général, inspecteur du Nord, demande au gouvernement le maintien du corps des Canonniers sédentaires de Lille, *attendu*, dit-il, *que ce corps a toujours été dans une activité réelle, toujours à la disposition du ministre de la guerre, toujours sous les ordres immédiats du directeur de l'artillerie, toutes les fois que la place a été mise en état de siége.*

1830 et 1831. — Le corps exécute les travaux de deux armements de précaution de la ville et de la citadelle.

2 décembre 1831. — Le roi Louis-Philippe, par une ordonnance spéciale, consacre l'organisation du corps.

Juin 1848. — Une des quatre compagnies du corps se rend à Paris, et prend part aux dernières luttes des journées de juin.

28 février 1852. — Le prince Louis-Napoléon, président de la république, donne une nouvelle organisation au corps des Canonniers sédentaires de Lille, en maintenant toutefois son effectif à quatre compagnies de 120 hommes chacune, plus une compagnie de Canonniers-vétérans.

Certes, voilà un ensemble d'éphémérides qui font de cette institution, quatre fois séculaire, une bien remarquable exception parmi les milices bourgeoises de la France.

Aujourd'hui le corps des Canonniers sédentaires de Lille, doté et magnifiquement logé par l'empereur Napoléon Ier, maintient dans ses rangs une discipline toute militaire. Quant à son instruction, voici ce qu'on lit dans le rapport d'un officier supérieur de l'artillerie de l'armée, chargé dernièrement d'inspecter ce corps : « L'État possède, à Lille, quatre « cents artilleurs qui ne lui coûtent rien en temps de paix, « et qui, en temps de guerre, peuvent lui rendre tous les « services qu'on doit attendre des Canonniers dans les places « fortes. »

Maintenant, Monsieur, que je vous ai rapporté ce qu'ont été autrefois et ce que sont encore aujourd'hui les Canonniers de Lille, laissez-moi vous dire deux mots d'une sorte de *musée du cœur* qu'ils ont établi dans une des salles de leur hôtel. Nos Canonniers ont réuni en ce lieu tout ce qui parle le plus éloquemment de leurs souvenirs et de leurs regrets : on y voit d'abord les portraits en pied des officiers qui les ont commandés à diverses époques ; puis, vient un beau portrait du général Négrier, tué à Paris aux journées de juin 1848. Ce général aimait beaucoup les Canonniers lillois de son vivant, et ceux-ci continuent de le lui rendre après sa mort...

Uniforme des canonniers de Lille, en 1853.

Le brave Négrier a légué, par testament, son épée aux Canonniers de Lille, et ils lui ont élevé, dans le sanctuaire intime
dont je vous parle ici, une sorte de cénotaphe à l'intérieur
duquel on voit, couchés derrière une vitrine, l'épée nue du
général et son uniforme taché de sang et troué en pleine
poitrine par la balle des insurgés...

J'ai lu quelque part qu'on vit autrefois des soldats, avant
de marcher à l'ennemi, aiguiser leur sabre sur le marbre du
tombeau du maréchal de Saxe ; maintenant, pour aiguiser le
cœur des canonniers lillois au moment de les conduire sur
les remparts de la ville assiégée, on n'aurait qu'à les faire
défiler devant cet uniforme et devant cette épée...

Dans la cour des manœuvres de ce même hôtel, se dresse
sur son piédestal un autre monument qui n'est pas non plus
sans éloquence : c'est un énorme mortier autrichien broyé
sur son affût par le tir des Canonniers lillois, au siége de
1792. Tout cela rappelle sans cesse à nos artilleurs bourgeois
que leurs anciens aimaient le pays et visaient juste ; si bien
que, dans l'occasion, ils seraient tout naturellement portés à
en faire autant.

Je vous adresse, sous ce pli, des épreuves photographiques
qui vous feront connaître quelques-uns des uniformes portés
à diverses époques par les Canonniers de Lille. Je vous livre,
Monsieur, ces images et mes renseignements pour ce qu'ils
valent; vous en userez à votre fantaisie.

Agréez, etc.   Henry BRUNEEL.

Le 6 décembre 1863, le bataillon assiste à la messe célébrée en l'honneur de Sainte-Barbe, M. Leconte, Grand-Doyen,
curé de Maurice, bénit la chapelle érigée en cette église en
l'honneur des Canonniers sédentaires et qui venait d'être
magnifiquement restaurée [1].

[1] Cette chapelle, sous le nom de Sainte-Barbe, se trouve dans l'église
Saint-Maurice, derrière le chœur.

* *
*

Le capitaine Delebarre, aujourd'hui chevalier de la Légion-d'Honneur, adressait, le 31 janvier 1864, à tous les Canonniers, une invitation pour se réunir et s'entendre sur les mesures à prendre afin de célébrer dignement le Jubilé du commandant Saint-Leger. L'assemblée, sous son initiative, décide que le Bataillon se rendra en armes à une Messe qui sera dite en l'église St-Maurice, et qu'une épée sera offerte à leur commandant, en souvenir de ses 50 années de service.

M. Delebarre rappelle à cette occasion les différentes étapes de M. Saint-Leger, dans le corps des Canonniers.

Pierre-Hippolyte Saint-Leger est né à Lille, le 19 décembre 1792;

Entrée au corps le 20 mars 1814;

Caporal le 17 août 1815;

Fourrier le 26 août 1823;

Lieutenant en second le 19 octobre 1824;

Lieutenant en premier le 1er juin 1826;

Capitaine en second le 25 avril 1830;

Capitaine en premier le 30 septembre 1831;

Chef de bataillon le 26 mai 1834;

Maintenu par le gouvernement lors de la réorganisation du corps en 1852;

Chevalier de la Légion-d'Honneur le 30 avril 1840;

Officier du même ordre le 10 octobre 1849.

*
* *

Différents journaux ont annoncé cette fête :

PROPAGATEUR du 17 Mars :

Le corps de nos Canonniers sédentaires prépare pour dimanche une intéressante fête, à l'effet de célébrer la cin-

quantième année de l'entrée au bataillon de son commandant
actuel, M. Hippolyte Saint-Leger, aujourd'hui officier de
l'ordre impérial de la Légion-d'Honneur.

A cette occasion, une messe d'actions de grâce sera célébrée
ledit jour, à midi, à l'église de Saint-Maurice ; la musique du
corps exécutera des morceaux d'harmonie pendant cet office,
à l'issue duquel tout le bataillon se réunira à l'hôtel, dont
l'empereur Napoléon Ier lui a fait don.

Le bon esprit dont ce corps d'élite est animé, ses patriotiques et glorieuses traditions, lui ont constamment concilié
les sympathies de notre cité et la considération la plus méritée
de la part des autorités et des étrangers. Chacun applaudira à
la fête de famille dont nous parlons.

———

MÉMORIAL DE LILLE du 17 Mars :

Dimanche prochain le corps des Canonniers sédentaires de
Lille célébrera, à l'église Saint-Maurice, le cinquantième
anniversaire de l'entrée au bataillon de M. Saint-Leger, son
commandant. A midi sera célébrée une messe d'actions de
grâce pendant laquelle la musique exécutera des morceaux
d'harmonie. Après la messe, le bataillon des Canonniers se
rendra à l'hôtel.

———

ÉCHO DU NORD du 18 Mars :

Le corps des Canonniers doit célébrer dimanche prochain
le cinquantième anniversaire de la présence au bataillon de
son honorable commandant, M. Saint-Leger. Depuis trente
ans, M. Saint-Leger est à la tête de ce corps d'élite, qui a

toujours fait l'admiration des étrangers par sa tenue et sa discipline.

Une messe doit être chantée à midi dans l'église St-Maurice; la musique du corps exécutera des morceaux d'harmonie, et après la cérémonie religieuse, un banquet, qui compte de nombreux souscripteurs, doit avoir lieu.

—

AFFICHES ET ANNONCES, Journal de Lille du 18 Mars :

Une fête touchante aura lieu dimanche prochain, à l'hôtel des Canonniers sédentaires, à l'effet de célébrer le cinquantième anniversaire de l'entrée au bataillon du commandant actuel, M. Hippolyte Saint-Leger, officier de la Légion-d'Honneur.

A cette occasion, une messe d'actions de grâce sera célébrée ledit jour, à midi, à l'église St-Maurice ; une quête sera faite au profit des pauvres.

La musique du corps exécutera des morceaux d'harmonie pendant cet office, à l'issue duquel tout le bataillon se réunira à l'hôtel, dont l'empereur Napoléon Ier lui a fait don.

—

. Le **JOURNAL POPULAIRE DE LILLE** du 18 reproduit l'article publié par les *Affiches et Annonces*.

—

L'ÉCONOMIE, Journal de Tournai du 20 :

Le corps des Canonniers sédentaires de Lille prépare pour dimanche une intéressante fête, à l'effet de célébrer la

cinquantième année de l'entrée au bataillon de son commandant actuel, M. Hippolyte Saint-Leger, aujourd'hui officier
de la Légion-d'Honneur.

A cette occasion, une messe d'actions de grâce sera
célébrée ledit jour, à midi, à l'ég'ise de Saint-Maurice ; la
musique du corps exécutera des morceaux d'harmonie pendant cet office, à l'issue duquel tout le bataillon se rendra à
l'hôtel dont l'empereur Napoléon Ier lui a fait don.

A quatre heures, aura lieu un banquet offert par les Canonniers lillois à leur commandant qui, à son tour, les réunira
dans un punch qui aura lieu à huit heures et pour lequel M.
Saint-Leger a fait des invitations spéciales.

Le bon esprit dont ce corps d'élite est animé, ses patriotiques et glorieuses traditions, lui ont constamment concilié
les sympathies de la cité et la considération la plus méritée de
la part des autorités et des étrangers. Chacun applaudira à la
fête de famille dont nous parlons.

*
* *

Au jour indiqué pour la cérémonie (20 mars 1864), les
Canonniers se sont réunis en armes à leur hôtel, et après
qu'il y eût été procédé à la reconnaissance des officiers nouvellement promus, une épée a été offerte au commandant
Saint-Leger, au nom de tous et au milieu des applaudissements
les plus sympathiques.

Le bataillon s'est ensuite rendu à l'église St-Maurice.

Voici comment les journaux ont rendu compte de cette
fête.

MEMORIAL DE LILLE, 21 Mars :

Il y a cinquante ans que M. Saint-Leger endossait l'uniforme de canonnier; il y en a trente qu'il porte l'épaulette de

commandant : le corps a voulu célébrer ce double anniversaire, et la journée d'hier comptera parmi les plus belles dont
il ait à garder la mémoire.

Fidèles à leur habitude d'associer la religion à toutes leurs
fêtes, les Canonniers ont fait célébrer, dans l'église Saint-
Maurice, à laquelle plus d'un souvenir les rattache, une messe
en musique où ont été exécutés plusieurs morceaux com-
posés par M. Lefebvre, et dont l'un rappelait, nous a-t-on
dit, par ses motifs, un souvenir personnel à M. Saint-Leger.

M. le doyen, qui a pour le corps et son commandant une
estime et une affection de vieille date, a prononcé les paroles
suivantes que nous sommes heureux de reproduire :

» Messieurs ,

» La plus vieille histoire du monde, mais en même temps
la plus vraie, celle dont les jugements font foi en fait de grandeur, parce qu'elle a été écrite sous l'inspiration de celui qui
est le type et le principe de toute grandeur , l'histoire sacrée
inspirée de Dieu , a toujours environné de respect et de
gloire *les citoyens qui se dévouaient pour la patrie et pour la
cité.* — Et pour perpétuer le souvenir de leur dévouement,
elle nous rappelle l'établissement de fêtes qui devaient en
être comme la mémoire vivante. — L'instinct généreux des
peuples nous révèle partout les mêmes inspirations , car partout l'histoire nous fait entendre le même écho des âges :
gloire et souvenir aux défenseurs de la patrie et de la cité.

» C'est votre histoire, Messieurs. Les Canonniers de Lille,
dans tous les temps et sous toutes les formes sociales, ont ob-
tenu cette gloire : les rois, les empereurs, les assemblées, les
ennemis eux-mêmes ont tous, à leur manière, répété les mêmes
paroles : *Les Canonniers de Lille ont bien mérité de la patrie ;*
les faits justifient ces témoignages si glorieux pour le corps
qui a su les mériter. Dans toutes les occasions les Canonniers

de Lille étaient bien ces hommes dont Dieu lui-même fait l'éloge. *Intrépides soldats, qu'on voyait toujours debout sous les armes, prêts à répandre leur sang pour la cité, pour la patrie, pour leurs concitoyens.*

» Cette gloire de leurs ancêtres, les Lillois devaient-ils la laisser sans souvenir? Ne devait-il pas y avoir dans leur cœur, si chaleureux et si fier, une fibre toujours vibrante au souvenir de ce vieil et glorieux héritage? Les monuments de pierre et même de bronze suffisaient-ils à en perpétuer la mémoire? Non, Messieurs, et, gloire et merci à vous! Le souvenir vibrant, l'histoire vivante de l'honneur de Lille existe : c'est le corps des Canonniers !

» Non certes, que je vienne nier nos gloires actuelles, les prodiges que notre industrie étale chaque jour sous les regards étonnés des étrangers qui visitent nos murs, ces progrès qui donnent encore à Lille une si noble primauté, cette alliance, dans son sein, de la science et du travail pour rendre toujours féconde la vieille terre de Flandre. Mais laissez-moi pourtant le dire : ce n'est pas là l'expression complète de ce que nous avons été, et de ce que nous devons toujours être. Ce qui fait qu'une cité est grande, d'une véritable grandeur, c'est l'élévation du cœur; c'est quand le cœur de chacun et de tous, s'élevant au-dessus des intérêts individuels, vient s'unir dans un sentiment commun, qui se manifeste dans un seul cri : l'honneur de la patrie et de la cité.

« Or, Messieurs, pour raviver et entretenir ce noble sentiment, pour tenir ce cœur de Lille à la hauteur où il doit être, il est bon toujours de le mettre en contact avec ces grands exemples des glorieux ancêtres : comme cet ancien preux qui, pour relever son âme, parcourait chaque jour la galerie des portraits de ses nobles aïeux, et croyait lire dans chacun de leurs regards ce grave avertissement : *Ne forligne pas; sois grand comme nous.*

» Vous ne vous étonnez donc pas, Messieurs, si nous, enfant adoptif de Lille et votre concitoyen par le cœur, nous tenons à ces glorieux souvenirs ; si pour les rendre plus éclatants et plus durables, nous les avons mis sous la sauvegarde de Dieu même. Vous étonnerez-vous de ce que nous venions aujourd'hui rendre hommage à celui qui, depuis cinquante ans, en est la vivante mémoire et le fier gardien?

» Honneur donc à vous, Commandant, honneur à vous, Canonniers de Lille, qui conservez les belles et nobles traditions de la cité! Honneur encore à vous, parce qu'en associant la religion à vos souvenirs, vous êtes fidèles à vos ancêtres, qui n'oubliaient jamais ni le Dieu des armées qui protège les remparts et leurs défenseurs, ni Notre-Dame de la Victoire qu'ils portaient au milieu d'eux, au jour du combat, ni enfin Sainte-Barbe, que dans leur naïf et chevaleresque langage, ils appelaient *leur Dame*.

« Mon digne commandant,

« Jamais je n'aurais accepté la mission de donner des louanges; mais j'ai la mission de dire la vérité; et je dis que l'homme qui durant cinquante ans n'a pas cessé d'aimer les institutions de son pays, qui les a défendues avec une courageuse énergie, qui, au milieu des abaissements, s'en montre toujours fier, cet homme mérite l'estime de ses concitoyens. La mienne vous est acquise, avec l'affection que votre noble caractère a su m'inspirer. »

Jamais parole ne fut ni mieux inspirée ni accueillie avec plus d'émotion.

A l'issue de la messe, les Canonniers se rendaient à la revue du maréchal. Puis ils se réunissaient dans un banquet où a régné la plus franche cordialité. C'était là une fête de famille dont nous respectons l'intimité; nous nous bornerons à dire que le corps a offert à son honorable commandant, à titre de souvenir, une épée sur laquelle est gravée cette inscription :

SOUVENIR DES CANONNIERS DE LILLE

AU COMMANDANT SAINT - LEGER.

Jubilé de cinquante ans de service actif, 20 mars 1864.

Le soir, M. Saint-Leger offrait un punch eux hommes qu'il a l'honneur de commander : plusieurs invitations avaient été faites, et c'est ainsi que nous pouvons rendre compte de la fête.

L'hôtel donné aux Canonniers par l'Empereur Napoléon 1er, à titre de récompense nationale pour des services qui font la gloire de la cité, était tout illuminé. Il y avait déjà foule dans le vaste salon du premier étage quand sont arrivés M. Vallon, préfet du Nord et MM. Delattre et Mourmant, adjoints au maire.

Après avoir fait le tour du salon où il a rencontré la plus respectueuse sympathie, M. le préfet a adressé quelques paroles, dont nous regrettons de ne pouvoir indiquer que le sens. Il a constaté le caractère exceptionnel et bien rare de la réunion; il a rappelé à grands traits les nobles traditions et les brillants souvenirs du corps des Canonniers de Lille; il a rendu hommage au caractère et au dévouement de leur commandant et il a terminé en annonçant qu'il venait de recevoir du ministre de l'intérieur une lettre le prévenant que, comme témoignage d'estime pour l'excellente organisation du corps, M. le capitaine Delebarre était nommé chevalier de la Légion-d'Honneur. Nous renonçons à dépeindre la surprise et la joie qu'a causées cette nomination, tenue jusque-là entièrement secrête; les vivats ont éclaté de toutes parts et, après avoir reçu l'accolade de M. le Préfet et du commandant, il a fallu que le capitaine Delebarre se laissât embrasser par tous ses camarades, heureux de son bonheur.

M. le préfet a porté ensuite un toast à l'Empereur, qui a été accueilli par d'unanimes et chaleureuses acclamations.

Le commandant Saint-Leger, pour lequel cette journée a été si pleine d'émotions, a proposé la santé de M. le préfet. Les bravos ont éclaté de toutes parts et M. Vallou a été obligé d'attendre bien longtemps le silence pour pouvoir exprimer ses remerciements; il l'a fait dans les termes les plus heureux et il a rappelé, comme la meilleure preuve de sa profonde estime pour le corps des Canonniers de Lille, qu'il avait, dans une circonstance récente, évoqué leur glorieuse histoire en saluant le vainqueur de Puebla. Les acclamations ont recommencé plus fort que jamais, et la fête s'est terminée par une cantate d'un de nos confrères, M. Delmée, de Tournai, qui a été chaleureusement applaudie.

ÉCHO DU NORD du 22 Mars :

Le corps des Canonniers sédentaires était en fête hier. Il avait à célébrer un anniversaire bien rare dans la vie d'un homme, celui de cinquante ans de services actifs de son honorable commandant, M. Hippolyte Saint-Leger.

Sous les armes dès le matin, le corps assista d'abord à une messe d'actions de grâces dite dans l'église Saint-Maurice. Le doyen de Saint-Maurice, dont on connaît le caractère affectueux et les sentiments élevés, avait voulu officier lui-même, et, après avoir appelé la bénédiction du ciel sur la tête vénérable du chef en l'honneur duquel la fête avait lieu, il adressa à l'assistance une allocution que nous sommes heureux de reproduire.

(*Voir l'article du Mémorial.*)

Nous n'avons pas besoin de dire combien ces paroles touchèrent toute l'assistance; plus d'un vieil artilleur avait des larmes dans les yeux; quant aux dames présentes, elles se servaient hardiment de leurs mouchoirs, ne cachant pas une émotion bien naturelle.

Pendant la messe, quelques morceaux d'harmonie furent joués par la musique du bataillon. Par une délicate attention, M. J. Lefebvre, chef de musique, avait composé une ouverture dout le motif principal est une vieille romance : *Les Deux Roses*, dont un artiste, mort depuis peu, Vanheren, avait fait la musique, et que le commandant avait adoptée avec tant d'amitié, qu'il la chantait chaque fois que la chanson suivait un dîner de famille ou d'amis. Cette mélodie, qui rappelait à M. Saint-Leger les moments joyeux de sa jeunesse, porta une nouvelle émotion dans le bataillon qui, cent fois, en avait répété le refrain avec son chef. Nous devons ouvrir une parenthèse, pour faire ressortir un remarquable solo de hautbois, placé dans l'introduction de cette ouverture et parfaitement joué par M. Gaubert.

A la rentrée à l'hôtel, le bataillon offrit à M. Saint-Leger, en souvenir de cet heureux jour, une épée, portant la légende suivante :

Souvenir des Canonniers de Lille

au Commandant Saint-Leger.

Jubilé de cinquante ans de service actif.

20 Mars 1864.

Quelques heures après, un banquet était servi et était suivi d'un punch qui réunissait non-seulement tout le bataillon mais encore de nombreux invités. Ce fut à ce moment que l'on pût se rendre compte des sentiments de solidarité qui existent entre les artilleurs et leurs chefs. Nos Canonniers sont guidés par un très-vif esprit de corps, et c'est bien chez eux qu'on retrouverait la fameuse devise : Tous pour un, un pour tous. Supérieurs et subordonnés, invités civils, militaires ou officiers des sapeurs-pompiers, tout se trouvait confondu dans ce mouvement d'expansion qui entraînait le bataillon vers son chef; on pouvait presque dire que tout le monde était un peu Canonnier.

Ce fut bien mieux encore lorsque M. le préfet du Nord, venant offrir à M. Saint-Leger ses compliments et son affectueuse embrassade, annonça que, sur sa demande, l'Empereur avait nommé chevalier de la Légion-d'Honneur le capitaine Delebarre, de la 2e compagnie. Tandis que M. le Préfet attachait sur la poitrine du vieil et digne capitaine le ruban de la Légion-d'Honneur, les Canonniers poussaient des hurrahs à faire crouler la salle, puis le décoré passa de l'un à l'autre, et fut embrassé par tous ceux de ses amis qui pouvaient l'atteindre.

Puis M. le Préfet porta un toast à l'Empereur, au commandant Saint-Leger, qui répondit en portant une santé en l'honneur de M. le Préfet, toujours si plein d'urbanité, d'amabilité entraînante dans ces sortes de réunions, et après avoir épuisé les chants, les libations joyeuses, mais qui surent rester modérées, on se sépara, regrettant d'avoir trouvé si courts ces heureux instants où tout n'est qu'amitié, affection.

M. Hippolyte Saint-Leger a eu sans doute de beaux jours dans sa vie; il n'en a jamais eu, nous le croyons, où il ait éprouvé tant de douces émotions, où il ait serré plus de mains sympathiques. Ce jour-là surtout marquera dans sa vie; il restera aussi dans la mémoire des Canonniers qui en transmettront fidèlement le souvenir à leurs successeurs.

—

PROPAGATEUR du 22 mars.

C'est hier, comme nous l'avons annoncé, que le corps des Canonniers célébrait le 50e anniversaire de l'entrée de M. le commandant Saint-Leger. Tout le bataillon était en fête. A midi, il a assisté à la messe à Saint-Maurice, pendant laquelle la musique a exécuté plusieurs morceaux dont un de la composition de M. J. Lefebvre, chef de musique du corps, a été fort remarqué.

Après l'Évangile, M. le doyen est monté en chaire et a prononcé les paroles suivantes.

(*Voir l'article du Mémorial.*)

Ces paroles ont produit une vive émotion sur la foule qui encombrait l'église.

Après la revue que S. Exc. le maréclal Forey passait à une heure et demie sur la plaine, les Canonniers se sont réunis dans un banquet présidé par le commandant.

Le soir, M. Saint-Léger offrait un punch. M. le Préfet, MM. les adjoints, plusieurs chefs de division de la préfecture, l'artillerie de la place, le corps d'officiers des Pompiers y assistaient.

M. le préfet, dans une affectueuse allocution, a rappelé les services des Canonniers de Lille, et a annoncé que M. le capitaine Delebarre était nommé chevalier de la Légion-d'Honneur. Cette nouvelle a été accueillie par les plus chaleureuses acclamations.

Les Canonniers, en mémoire de cette journée qui fera époque dans leurs annales, ont offert à leur digne commandant, une épée sur laquelle est gravée cette inscription : *Souvenir des Canonniers de Lille, jubilé de cinquante ans de service actif*, 20 *mars* 1864.

—

AFFICHES ET ANNONCES, Journal de Lille, 21 et 22 mars.

C'était hier grande fête à l'hôtel des Canonniers lillois ; on y célébrait un double anniversaire : depuis cinquante ans, M. Hippolyte Saint-Leger fait partie du bataillon, depuis trente ans il le commande.

Le matin, le bataillon en grande tenue s'est rendu dans la cour de l'hôtel, et, au milieu des acclamations, une magnifique épée a été offerte à M. Saint-Leger ; elle porte cette inscription :

Souvenir des Canonniers de Lille

au commandant Saint-Leger.

Jubilé de cinquante ans de service actif

20 *mars* 1864.

On s'est rendu à midi à l'église Saint-Maurice, où une messe a été célébrée avec le concours de l'excellente musique, dirigée par M. Lefebvre. L'un des morceaux exécutés rappelait une romance que le commandant Saint-Leger affectionnait autrefois, et qu'il a chantée lui-même plus d'une fois dans des réunions intimes ; cette romance a pour titre : *les Deux Roses* ; on y a entendu un jeune artiste, M. Gaubert, qui a joué sur le hautbois un solo de façon ravissante.

M. le doyen de Saint-Maurice, qui ne laisse échapper aucune occasion de rendre hommage au corps des Canonniers sédentaires, a prononcé une allocution qui a vivement ému la nombreuse assistance. ⌐

(*Voir l'article du Mémorial*).

Après la messe, le bataillon s'est rendu au Champ-de-Mars et a été passé en revue par le maréchal Forey.

A cinq heures, nos Canonniers se trouvaient de nouveau réunis dans un banquet où a régné la plus franche cordialité. Le soir, M. Saint-Leger offrait un punch dans le grand salon de l'hôtel. Vers huit heures et demie, M. Vallon, préfet du Nord, MM. Delattre et Mourmant, adjoints, sont arrivés. On a fait cercle autour d'eux, et M. le préfet a prononcé quelques paroles dont nous allons indiquer le sens. Il a constaté le caractère exceptionnel et bien rare de la réunion; il a rappelé à grands traits les nobles traditions et les brillants souvenirs du corps des Canonniers de Lille; il a rendu hommage au caractère et au dévouement de leur commandant et il a terminé en annonçant qu'il venait de recevoir du Ministre de l'intérieur une lettre le prévenant que, comme témoignage d'estime pour l'excellente organisation du corps, M. le capitaine Delebarre était nommé chevalier de la Légion-d'Honneur.

Nous renonçons à dépeindre la surprise et la joie qu'a causées cette nomination, tenue jusque-là entièrement secrète; les vivats ont éclaté de toute part et, après avoir reçu l'accolade de M. le préfet et du commandant, il a fallu que le capitaine Delebarre se laissât embrasser par tous ses camarades.

M. le préfet a porté ensuite un toast à l'Empereur, qui a été accueilli par d'unanimes et chaleureuses acclamations.

Le commandant Saint-Leger, pour lequel cette journée a

été si pleine d'émotions, a proposé la santé de M. le préfet. Les bravos ont éclaté de toutes parts et M. Vallou a été obligé d'attendre bien longtemps le silence pour pouvoir exprimer ses remerciements. Il l'a fait dans les termes les plus heureux et il a rappelé, comme la meilleure preuve de sa profonde estime pour le corps des Canonniers de Lille, qu'il avait, dans une circonstance récente, évoqué leur glorieuse histoire en saluant le vainqueur de Puebla.

Les acclamations ont recommencé plus fort que jamais, et la fête s'est terminée par une cantate d'un de nos confrères, M. Delmée, de Tournai, qui a été chaleureusement applaudie. Déjà un chœur et un morceau de chant, par M. Lefebvre, qui est non-seulement un chef expérimenté mais encore un ténor plein de charme, avaient été exécutés au milieu de bravos unanimes.

Une pareille fête prendra place dans les annales du corps des Canonniers sédentaires et évoquera de doux souvenirs dans le cœur de tous ceux qui y ont assisté.

—

Le JOURNAL POPULAIRE DE LILLE du 22 mars reproduit l'article des *Affiches et Annonces.*

—

L'INDICATEUR D'HAZEBROUCK du 23 Mars :

Dimanche, le corps des Cannonniers de Lille a célébré le 50e anniversaire de l'entrée de M. le commandant Saint-Leger. Tout le bataillon était en fête. A midi, il a assisté à la messe à St-Maurice, pendant laquelle la musique a exécuté plusieurs morceaux dont un de la composition de M. J. Lefebvre, chef de musique du corps, a été fort remarqué.

Le bon esprit dont ce corps d'élite est animé, ses patriotiques et glorieuses traditions, lui ont constamment concilié les sympathies de la cité Lilloise et la considération la plus méritée de la part des autorités et des étrangers. Chacun a applaudi à cette fête de famille.

—

L'ÉCONOMIE, Journal de Tournai du 25 mars :

Un vieux dicton dit qu'il n'y a pas un Tournaisien qui ne possède un ami à Lille, comme il n'y a pas de Lillois qui ne compte un ami à Tournai. Le fait est vrai et les relations de bon voisinage qui, de tout temps, ont régné entre ces deux vieilles et loyales cités, ne se sont jamais relâchées et vont augmenter de plus belle lorsque le chemin de fer les mettra à une demi-heure l'une de l'autre. — Nous faisons ces réflexions pour expliquer pourquoi nous allons parler d'une charmante fête qui s'est passée dimanche, à Lille, chez de vieilles connaissances, les Canonniers qui, à différentes reprises, on s'en souvient, sont venus embellir les fêtes de Tournai. Il y avait, ce jour-là, un demi-siècle que le commandant de ce fameux bataillon des Canonniers lillois, M. Saint-Leger, était entré au corps ; il y avait trente ans qu'il le commandait. Pour qui connaît les déboires, les défaillances, les difficultés, les misères qui naissent à tout propos dans un corps de soldats volontaires, il faut avouer qu'il a dû être doué d'une bien grande force de volonté celui qui a consacré cinquante années de sa vie à maintenir haut et ferme le drapeau glorieux des Canonniers lillois.

Dimanche donc, à onze heures, le bataillon était rangé dans la grande cour de cet hôtel historique, donné aux Canonniers par Napoléon Ier en souvenir de leur belle défense au siége de Lille. A l'arrivée du commandant, le plus ancien capitaine lui remit, au nom du corps, une magnifique épée d'honneur, sur laquelle était gravée cette inscription :

Souvenir des Canonniers de Lille

au commandant Saint-Leger.

Jubilé de cinquante ans de service actif

20 *mars* 1864.

Le commandant Saint-Leger, qui porte ses soixante-douze ans avec une verdeur toute martiale, tira l'épée qu'il venait de recevoir et, après quelques paroles vigoureuses adressées à ses compagnons, donna d'une voix puissante le commandement du départ : le bataillon s'ébranla pour se rendre à Saint-Maurice, où se trouve la charmante chapelle nouvellement restaurée de Sainte-Barbe, patronne des Canonniers, et que nous recommandons à la curiosité de nos amateurs.

Au milieu de la messe, M. le doyen de Saint-Maurice, vénérable prêtre selon l'évangile, affectueux, tolérant et surtout d'une charité exemplaire, homme de bien que tout le monde révère à Lille, monta en chaire et adressa aux Canonniers et à leur chef une allocution vraiment touchante.

Nous renonçons à dépeindre l'émotion qui s'empara de l'assemblée en ce moment, des larmes coulaient de tous les yeux et, vivement ému, appuyé sur le bras du doyen, le commandant vint prendre place au chœur.

L'excellente harmonie militaire des Canonniers que dirige un talent d'élite, M. Jules Lefebvre, exécuta ensuite un admirable morceau de circonstance ; c'était du nouveau et c'était de l'ancien ; un artiste, plein d'avenir, M. Gaubert, exécutait le chant sur le hautbois, les autres instruments y répondaient par un gai refrain et le final était le *ban* si connu :

Qu'il vive à jamais! Ce sont nos souhaits! — Nous avons su depuis que ce morceau était une gracieuse réminiscence; le joli chant du hautbois, c'était la romance *les Deux Roses*, que le jeune et brillant canonnier Saint-Leger chantait de préférence il y a cinquante ans! — N'est-ce pas que c'est là une idée heureuse et que M. Jules Lefebvre est aussi bon camarade qu'excellent artiste?

Les Canonniers de Lille sont philanthropes; pendant la durée de la messe, des officiers ont fait la quête pour les pauvres, qui a été très fructueuse.

L'après-dîner, il y eut repas de corps et le soir, à huit heures, des salves d'artillerie, une illumination brillante, annoncèrent le punch qu'offrait M. Saint-Leger à de nombreux invités; M. Vallon, préfet du Nord, les adjoints au maire, des fonctionnaires, les officiers des Pompiers, tous les représentants de la presse lilloise, des invités de la presse des villes voisines, assistaient à cette fête qui a été vraiment remarquable d'entrain et d'urbanité. M. Vallon, après un discours chaleureux adressé aux Canonniers et à leur chef, annonça qu'il venait de recevoir la nouvelle que l'Empereur avait nommé chevalier de la Légion-d'Honneur le capitaine Delebarre, le plus ancien capitaine du corps : nous renonçons à peindre ce que fut ce moment d'effervescence sympathique, la décoration de l'un des leurs avait rendu les Canonniers ivres de joie, il semblait que chacun d'eux venait de recevoir cette croix qui allait orner la poitrine de leur vieil ami.

Le punch coulait à flots, on arriva aux toasts, aux chansons, et il était lundi lorsque les derniers échos de cette fête, que l'on n'oubliera pas, retentirent dans l'hôtel hospitalier des Canonniers lillois.

JOURNAL DE BÉTHUNE du 26 :

Fête célébrée à Lille, le Dimanche 20 Mars 1864,

Suit un article extrait du Journal AFFICHES ET ANNONCES

JOURNAL DE LILLE.

*
* *

L'OBSERVATEUR D'AVESNES du 21 mars, reproduit l'article de l'*Écho du Nord*.

*
* *

MONITEUR du 23 mars : Par décret rendu sur la proposition du Ministre de l'intérieur, M. Delebarre, capitaine au corps des Canonniers sédentaires de Lille, a été nommé Chevalier de la Légion-d'Honneur, ancien sous-officier dans l'armée ; 42 ans de service.

LILLE, HOREMANS, IMP. DE LA VILLE.